LES

NOMS PHÉNICIENS

SUR LE

PRISME D'ASSHOUR-BAN-APAL

PAR

Eugène PANNIER

AMIENS

IMPRIMERIE ROUSSEAU-LEROY

16, rue Saint-Fuscien, 16

—

1882

LES

NOMS PHÉNICIENS

SUR LE

PRISME D'ASSHOUR-BAN-APAL

PAR

Eugène PANNIER

AMIENS

IMPRIMERIE ROUSSEAU-LEROY

16, rue Saint-Fuscien, 16

—

1882

LES NOMS PHÉNICIENS

SUR LE PRISME D'ASSHOUR-BAN-APAL

Etude d'épigraphie comparée.

Asshour-ban-apal était fils d'Asshour-akhi-iddina, l'Asarhaddon de la Bible (1). Il hérita de son père, avec Ninive et le grand empire d'Assyrie, une non moins grande ambition ; l'Egypte, la Phénicie, la Babylonie' les pays de Van, d'Elam, et bien d'autres, en ressentirent les terribles effets. Et comme les monarques assyriens étaient jaloux de transmettre à la postérité la gloire de leur nom, Asshour-ban-apal eut soin de nous laisser par écrit le détail de ses exploits, avec la longue liste de ses tributaires. C'est le contenu d'une *terra cotta* que possède le *Eritish Museum*, et dont nous avons maintenant une copie très-fidèle dans les *Cuneiform Inscriptions of Western Asia* (2).

Après deux campagnes contre l'Egypte et l'Ethiopie, Asshour-ban-apal se tourna contre la Phénicie. De gré ou de force, Tyr et Arvad (3) se soumirent au tribut. Du reste, les Phéniciens, commerçants avant tout, aimaient mieux payer que combattre ; et pourvu qu'on laissât leurs flottes trafiquer jusqu'à Gadès, Tharsis,

----

(1) Isai., XXXVII, 38.

(2) *Vol*: V, *plates* I—X.

(3) Arvad, *Arados*, A-ru-ad-da dans le texte assyrien, était une ville du nord de la Phénicie.

et les Cassitérides, peu leur importait que le monarque ninivite se crût leur suzerain.

A l'occasion de cette campagne, Asshour-ban-apal nomme treize princes phéniciens, deux de Tyr, et onze d'Arvad.

Ce sont leurs noms que nous avons recueillis dans les *Inscriptions assyriennes*, pour les comparer avec ceux que les *Monuments Phéniciens* nous ont transmis. Une telle comparaison ne sera pas dépourvue d'intérêt ; et l'accord, si nous parvenons à le constater, ne pourra que tourner à l'avantage des études assyriologiques.

I

Ba — h — al (1)

בעל

Tel est le premier nom que nous rencontrons ; c'est celui du roi de Tyr.

Il est facile d'y reconnaître le nom du grand dieu phénicien, le Baal de la Bible, des inscriptions, et des auteurs classiques. Bahal, Moloch, et Astarté, se partagent presque tous les noms phéniciens de nous connus ; mais comme Bahal était le plus grand des dieux, on lui a fait la plus large part : Abdibahal, Hannibahal, Asdrubahal, Bahaliathon, etc., etc., telles sont les appellations les plus fréquentes, de Tyr à Arvad, de Sidon à Carthage.

Toutefois, il se présente d'abord une difficulté assez sérieuse. Les noms orientaux étaient généralement

(1) V. Cun. Insc. pl. 2, l. 49. — On trouve aussi la variante *Ba-h-li*.

des phrases complètes, imitées dans certains noms chrétiens bien connus : *Quodvuldeus, Adeodatus, Deogratias*, etc. On trouve : *Bahal-est-mon-père*, Abibaal, *Moloch-l'a-donné*, Milkiathan, etc. Par conséquent, le nom divin n'est qu'un élément dans ces appellations complexes. Au contraire, dans le texte assyrien, le roi de Tyr se nomme simplement Bahal. Est-ce un oubli du scribe assyrien ? Je ne le crois pas : à première vue, c'est d'autant moins probable qu'en Assyrie, personne n'osait non plus porter purement et simplement le nom d'une divinité; on se nommait *Asshour-ban-apal, Nergal-shar-outsour*, mais jamais ni *Ishtar*, ni *Nergal*, ni *Asshour*. Cependant une observation plus attentive montre que ce fait, inouï en Assyrie, n'était pas sans exemple chez les Phéniciens. On trouve plusieurs personnages ayant nom Moloch, Milcho, Milicus, Μίλκος; on trouve même dans la Bisacène une ville appelée Οὐωλ, ce qui n'est qu'une transcription grecque de *Bahal* prononcé à la punique (1).

Ces exemples suffiraient à justifier le texte assyrien. Mais il reste un argument sans réplique. Sur une médaille publiée par *Brandis* (2) se trouve la légende suivante :

לבצלמלךגבל

« De Bahal roi de Gébal. »

Or tout le monde sait que Gébal, ou Byblos, était une cité phénicienne. Voilà donc, sur une monnaie phénicienne, un roi phénicien portant le nom de Bahal, exactement comme le monarque tyrien des inscriptions cunéiformes !

(1) Cf. Schroeder, *die Phönizische Sprache*, p. 95.
(2) *Das Münz-Mass-und Gewichtssystem in Vorderasien.* — Berlin 1866, p. 373.

II

Ia - khi - mil - ki. (1)

יחימלך

Ainsi se nommait le fils du roi de Tyr. Ce nom est certainement phénicien dans sa forme : on peut rapprocher Iakhimilki des noms bien connus :

יובעל = יובעי	Juba
יזנאל	Iaznil, *(audit El)* ;
ימלכבעל	Imlokbahal, *(regnat Bahal)* ;
יעזרבעל	Jazorbahal, *(adjuvat Bahal)* ;
יתנבעל	Ithombahal, *(dat Bahal)* ;

Tous se composent d'un verbe à l'Aoriste II, et d'un nom divin, exactement comme Iakhimilki, יחימלך (*vivit seu vivificat Moloch*) se compose du nom de Moloch précédé de l'Aoriste II du verbe חיה, vivre.

Je sais bien que les Phéniciens conservaient ordinairement le *Vav* (ו) original et qu'ils écrivaient חוה comme dans l'ancien hébreu (*Cf.* חוה *Heva*). Cependant le *Iod* paraît dans plusieurs dérivés, par exemple dans חיא (2), חיי (3), (*vie,* avec suffixes). Dans ses imprécations contre ceux qui ouvriraient son tombeau, Eschmoun-Ezer (4) prie les dieux de leur refuser תאר בחיםתחתשמש, *lucem* (5) *inter* (6) *viventes sub sole*. Il ne

---

(1) **5** W. A. I, pl. II, l. 58.
(2) Inscr. Neop. 69, 3.
(3) Inscr. Citium 2, 2, ap. *Schroeder, ibid.*
(4) *Corp. Inscrip. Semit.,* p. 14.
(5) Le sens de תאר n'est pas certain : ce mot semble se rattacher à la racine sémitique bien connue qui donne אור en Hébreu, et en Chaldéen, *ur-ru* et *nûru* en Assyrien, نور en Arabe, ‏ܐ‎ en Syriaque. C'est *lux* au sens propre ou au sens métaphorique.
(6) Peut-être aussi : *in vita.*

faut pas trop s'étonner de rencontrer aussi le *Iod* dans notre Iakhi-Milki.

D'ailleurs, la facture de ce mot n'est certainement pas assyrienne. Les assyriens n'ont pas la préformante *Ia* (1) de Iakhi; ils diraient *Ikhi*, comme ils disent *ikoun* (*statuit*), *itar* (*vertit*), etc. Les Phéniciens au contraire employaient les deux formes *I* et *Ia*, comme on le voit dans nombre d'exemples : Sanchoniaton (*Sakan dedit*), Bahaliaton (*dedit Bahal*), etc.

Donc le nom d'Iakhimilki est phénicien, et par sa forme, et par ses éléments.

III

𒀭 𒂊𒅀 𒆠 𒅔 𒇻 (2)

Ia - ki - in - lou

יכינאל

Avec Iakinlou commence la série des princes d'Arvad. Ce nom se trouve sur les monuments phéniciens, sinon intégralement, du moins dans ses éléments constitutifs. Il répond au nom hébreu Jéchonias, et offre le même sens (Jéchonias יכניה *Statuit Jehovah* ; Iakinlou יכנאל *Statuit El* seu *Deus.*) Etudions séparement *Iakin* et *lou* ou *Ilou*.

Nous trouvons Iakin dans les noms propres de plusieurs inscriptions, par exemple dans celles de Citium (3) et de Carthage (4) où il forme le composé Iakinshalom יכנשלם (*Constituit pacem*). Dans le *Pœnulus* de Plaute, le frère du Carthaginois Hannon se nomme *Iachon.*

---

(1) Les préformantes sont des pronoms abrégés et amalgamés à la racine verbale.

(2) 5 W.A.I pl. 2, l. 81.

(3) *Cit.* 36, 3-4.

(4) *Carth.* 64, 5.

Quant à la seconde partie du mot, *Lou* est une abbréviation d'*Ilou*, *El*, l'אל hébreu (*Deus*) ; abbréviation d'ailleurs tout-à-fait phénicienne, consistant à supprimer l'aspiration initiale (Cf. § VIII.) C'est ainsi que dans le *Pœnulus* de Plaute, *'adonni* (*domine mi*) אדני devient *donni* ; c'est ainsi que le nom Akhiram (*frater Altissimi*) אחירם devient Hiram, Hirom חירם dans la Bible et dans plusieurs inscriptions (1).

Enfin, le mot *El*, אל, ῍Ιλος, sert à former un grand nombre de noms propres phéniciens, tels que :

Elkhanan	אלחנן	(*El est misericors*),
Kastulus	קשתאל	(*Arcus Eli*),
Jaznil	יזנאל	(*audit El*).

IV

A - zi - ba - h - al. (2)

עזבעל

Le nom du premier des fils de Iakinlou n'est pas moins phénicien que celui de son père.

Il se compose du nom de *Bahal*, et de *Azi*, de la racine עז, *être fort* ; il signifie *Bahal est fort* ou *Bahal est ma force*. Toutefois l'absence du *Iod* pronom, suffixe de la première personne, ferait incliner vers la première de ces traductions.

On croit retrouver le nom d'Azibahal sous les formes altérées Σουβας et *Sobal*, que nous ont transmises les écrivains classiques. Mais le doute est permis sur une identification aussi aventureuse !

(1) Cf. Schroeder, *ibid.* pp. 87, 124.
(2) 5 W. A. I, pl. 2, l. 82.

Où il ne l'est plus, c'est dans la lecture de deux légendes phéniciennes publiées par *de Luynes, Numismat. des Satrap., pl. XIII et XV.* L'une porte

עזבעלמלכגבל

c'est-à-dire : « Azibahal, roi de Gébal » ;

la seconde, sur une monnaie de Citium, se lit :

לעזבעל « d'Azibahal. »

V

A - bi - ba - h - al

אביבעל

Ce nom signifie : « *Bahal est mon père.* » Pour le sens comme pour la forme, on peut le comparer au nom hébreu Abias אביהי (*pater meus est Jehovah*), et au nom chananéen Abimélech אבימלך (*pater meus est Moloch.*)

On le retrouve avec un léger changement sur une inscription votive de la province de Carthage (2) :

לרבתלתנתפנב	*Magnæ Tanit Paniba-*
עלילאדנל....	*hal et domino (Baha)*
לחמנאשודר	*lammon : quod vovit*
בדשתרתב....	*Bodostoret f(ilius)*
אבנבעלבנגר	*Abanibahal filii Gor.*

Abanibahal signifie : « *Bahal est notre père,* » il ne diffère donc d'Abibahal que par le pluriel au lieu du singulier.

Enfin sur un onyx qui se trouve actuellement au Musée de Florence, et dont une reproduction nous est

(1) 5 W. A. I, pl. 2, l. 75.
(2) *Carth.* 54.

donnée par *de Luynes, Essai sur la Numismat. des Satrapies et de la Phénicie* (1), on lit :

לאביבעל　　« à Abibahal. »

C'est exactement la forme phénicienne reproduite sans aucune altération dans notre texte assyrien.

VI

(2)

A - dou- ni - ba - h - al.

אדניבעל

Ce nom signifie : *Bahal est maître* ; il est certainement phénicien.

D'abord, *Adon* ne se rencontre pas en assyrien, où il est toujours remplacé par *belu, bilu,* (*maître, seigneur.*) Il est au contraire fort usité dans les inscriptions phéniciennes ; c'est l'épithète ordinaire du dieu Bahal : ainsi sur les autels ou les cippes consacrés à cette divinité, on trouve l'éternelle formule « לאדנלבעל *laddon lebahal,* au maître à Bahal » (3).

Quant au nom complet, il se lit, entre autres endroits, sur ce fragment d'inscription punique (4) :

....	(*tali Deo*)
בעלש	*Balsa-*
מעבנ	*mon filius*
עלע..	(*B*)*ahalam-*
מנבענ	*mon, filii A-*

(1) Pl. XIII, I, et p. 60.

(2) 5 W. A. I, pl. 2, l. 82.

(3) On sait que les Phéniciens aimaient à répéter les prépositions; pour dire au dieu Bahal, ils disaient : au Dieu à Bahal.

(4) Ncop. 99.

בדאשמב   *badesman,*

..נאדנבעל   (*fi*)*lii* Adonibahal :

שמעקל   *audiit vocem*

אברכא   *ejus, benedixit ei.*

VII

(1)

Sa - pha - dhi - ba - al

שפטבעל

Le premier élément de ce nom est le *nomen agentis* שפט (*juge*). C'est le titre que les Hébreux donnaient à leurs libérateurs (שופטים *shoftim*), à ceux qui avaient *jugé entre eux et leurs ennemis* ; c'était aussi le titre porté par certains magistrats de Carthage, les *Suffètes.*

Le nom complet signifie : *Bahal est juge.* Il est donc analogue à l'hébreu Saphadhias, שפטיה (*Jehovaa est juge*).

En phénicien, on le rencontre avec ou sans inversion (*Saphadhibahal — Bahalsaphadh*) dans plusieurs inscriptions carthaginoises semblables à la précédente. Citons en particulier l'épitaphe suivante, publiée par *de Vogüé,* Jour. asiat., *août* 1867, p. 105.

      ......   (*Monumentum*)

עבדושתרת   *Abdostoret*

בנעבדמלקר   *filii Bodmelqar-*

תבושפטבעל   *ti, filii* Saphadhibahal.

(1) 5 W. A. I, pl. 2, l. 83.

VIII

𒁁𒁺𒁀𒀠 (1)

Bou - di - ba - al.

בדבעל

On trouve en phénicien une longue série de noms propres composés d'une manière identique, de *boudi* בד (abbréviation d''*abdi, serviteur* עבד) et d'un nom divin : p. e.

בדאשמנ	Boudeshmoun,	(servus Eschmoun)
בדמלך	Boudimilki	(servus Moloch)
בדעשתרת	βοδόστωρ,	(servus Astarte)
בדתנת	Bodtanit,	(servus Tanit).

Quant à Boudibahal, il pourrait se rencontrer sous une double forme : la forme pleine, *Abdibahal*, עבדבעל, et la forme contractée, qui est celle de notre texte assyrien, Boudibahal, בדבעל. Comme exemple de cette dernière, on peut citer la 6° Inscription Punique (2).

IX

𒁀𒄷𒀠𒅀𒋢𒌒 (3)

Ba - h - al - ia - sou - pou

בעליסף

J'ignore si le nom de Bahaliasoupou s'est déjà rencontré dans quelque inscription phénicienne. En tout

(1) 5 W. A. I, pl. 2, l. 83.

(2) Cf. *Schroeder, ibid.*

(3) 5 W. A, I. pl. 2, l. 83.

cas, il paraît offrir une certaine analogie avec le nom biblique יוסף *Joseph,* surtout avec אליסף *Eliasaph* (Deus addidit).

La lecture assyrienne permet aussi de le rapprocher d'*Eliasib* אלישיב, (*Deus reddidit*), car le dernier signe peut-être rendu par *pou* ou par *bou.* Toutefois la première transcription semble préférable ; en l'admettant, il faut traduire Bahaliasoup par B*ahal addidit.*

Quant au verbe יסף, *addere,* d'où dérive Iasoupou, il est parfaitement phénicien. On le rencontre dans l'inscription tombale d'Eshmoun-Ezer, roi de Sidon (l. 19, *sub fin.*) :

19 ..... » *et addidit ea* (ויספננם) sc : oppida
20 » *finibus terræ, ut sint Sidoniis in perpetuum.* »

Remarquons encore en terminant, la préformante *Ia* dans *Iasoupou* ; c'est un dernier indice en faveur de l'origine phénicienne de ce nom.

<h1 style="text-align:center">X</h1>

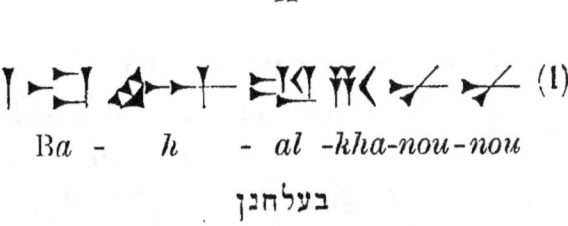

Ba -   h   - al -kha-nou-nou
בעלחנן

Ce nom, qui signifie : B*ahal est miséricordieux,* est assez commun dans les inscriptions phéniciennes ; tantôt il offre la forme que nous voyons dans le texte assyrien, tantôt il éprouve une transposition qui le change en *Khannibahal (Annibal).* De même en hébreu, on trouve חנניה *'Ananias, Khananiah,* à côté

de יהוהנן *Johannes, Ieohkanan (Jehovah est miseri-*
cors).

Le nom de B*ahalkhanoun* se rencontre sur une table
d'offrande qui porte l'inscription suivante :

נדראשנדרחנבבעלבן	*votum quod vovit Khannibahal, filius*
בעלחנלאדנלבעלשמע	Bahalkhani, *domino Bahali ; audiit*
קלאברכא	*vocem ejus, benedixit ei* (1).

Ici, Bahalkhanounou nous est offert sous la forme
contractée בעלחן ; mais il est démontré que les verbes
עע (2) prenaient aussi en phénicien la forme *pleine* ;
pour le verbe חנן en particulier, nous en trouvons un
exemple dans le nom Ilkhanan (3) אלחנן (*Il est miséricordieux).*

XI

𒁀𒄴𒀠𒈠𒇻𒆪 (4)

Ba - h - al -ma- lou - kou.

בעלמלך

Bahalmaloukou signifie : B*ahal est roi.* De ce nom
ont pris naissance les formes plus ou moins défigurées
B*ahmarcos,* B*aimarcos,* que l'on rencontre sur plusieurs monuments d'origine phénicienne ou punique.
Le changement de l'L en R (*Marcos* pour *Malcos*) est
une particularité du dialecte africain : on trouve Barcas
pour Balcas, Barmocaros pour Balmelcaros (*Polyb.*
7, 9.) etc.

(1) Schroeder, *die Phonizische Sprache,* taf. XVI, 4.
(2) On désigne ainsi dans les langues sémitiques, les verbes ter-
minés par la même consonne deux fois répétée : p. e. סבב, חתת.
(3) Rev. archéol. 1868, pl. XIV, 11.
(4) 5 W. A. I, pl. 2, 1, 84.

Mais ce nom ne se rencontre pas seulement défiguré
à la carthaginoise ; on trouve aussi la forme phénicienne parfaite telle que l'a transcrite l'assyrien. Sur
une monnaie de Citium, on lit (1) :

לבעלמלך « de Bahalmélék. »

XII

𒀀 𒉈 𒅖 𒆠 (2)

A - bi - mil - ki.

אבמלך

Ce nom rentre dans la catégorie de noms déjà étu-
diés au sujet d'Abibahal (V). Il signifie : *Moloch est
(mon) père.*

On le trouve sur l'inscription dédicatoire d'un בומען
(*Bomon*, autel, βωμός) :

לאדנלבעלחמןשבהג   ,*Domino Bahalammon vovit hoc
בומענאבמלך.....   altare* Abimclek..... (3).

XIII

𒀀 𒄭 𒅖 𒆠 (4)

A -khi- mil - ki.

אחמלך

Ce nom ressemble à ceux que nous venons d'étudier ;
il signifie : *Moloch est mon frère.* On le retrouve avec

(1) Cf. *de Vogüé*, Monnaies des rois phéniciens de Citium.
(2) 5 W. A. I. pl. 2, 1. 84.
(3) Schroeder, *die Phon. Sprach.*, taf. XV, 3.
(4) 5 W. A I. pl. 2, 1. 84.

suppression de l'aspiration initiale, dans une inscription trés-intéressante rédigée en latin, en grec, et en
phénicien, et connue sous le nom d'*Inscription tri-
lingue de Sardaigne*, à cause du pays où elle a été
découverte. La partie phénicienne se termine par la
date suivante :

| בשתשפטםחםלכת.... | » *in anno suffetorum Akhimilkat* |
| ועבדאשמנבנחמלך | » *et Abdeshmun filhi* Akhimélek. » |

En résumé, des treize noms que renferment les
Annales d'Assour-ban-apal, trois n'ont pas encoré été
retrouvés dans la liste, relativement peu étendue, des
noms phéniciens de nous connus ; toutefois leurs éléments et leur structure indiquent une origine phénicienne. Quant aux dix autres, on les retrouve en toutes
lettres sur les monuments phéniciens.

La conclusion de ce travail est facile à tirer ; elle
est toute à la faveur du déchiffrement des inscriptions
assyriennes. Une voie peu sûre, une méthode erronée
pour la lecture des cunéiformes, n'eussent jamais
donné des résultats d'une aussi surprenante exactitude.

Sans doute quelques assyriologues, même parmi
ceux qui ont acquis certain renom, n'ont pas toujours
examiné leurs textes d'assez près, n'ont pas toujours
traduit avec une fidélité assez scrupuleuse ; ils ont cru
que la largeur du plan embrassé dispensait de l'exactitude dans les détails !

Que la faute en retombe sur eux ! Mais il serait injuste d'en rendre l'Assyriologie responsable : l'Assyriologie a fait ses preuves, elle a vaillamment conquis sa
place dans le champ de la science.

EUGÈNE PANNIER.

PHUL & TÉGLATHPHALASAR

D'APRÈS DEUX INSCRIPTIONS BABYLONIENNES

RÉCEMMENT DÉCOUVERTES.

———

Il est des problèmes sur lesquels s'est portée une
discussion à la fois si vive, si magistrale et si profonde
qu'il faut, pour se permettre d'y revenir, être sûr
d'apporter à la solution des lumières nouvelles, une
conclusion inaperçue, un document oublié au cours
des débats. La question du *Phul* biblique est du nombre
de ces problèmes.

Ceux qui ignorent, pour parler comme un ancien
et médisant érudit, « s'il y a un Vieux Testament,
n'ayant jamais ouï parler que du Nouvel, » ceux-là ne
se doutent guère combien ce Phul, roi d'Assur, a sou-
levé de doutes, accumulé d'hypothèses, et jeté dans
la perplexité les exégètes modernes.

Les autres savent que la Bible nous parle d'un monarque assyrien de ce nom, lequel aurait porté ses
armes jusque dans le royaume d'Israël :

> « Phul, roi d'Assur, vint dans le pays ; et Manahem
> lui donna mille talents d'argent pour qu'il lui prêtât
> main-forte et affermît son pouvoir. Et Manahem imposa
> une somme à tous les riches en Israël, cinquante
> sicles d'argent par tête ; et le roi d'Assur s'en re-
> tourna. » *IV Rois*, xv, 19-20.

> « Et le Dieu d'Israël excita l'esprit de Phul roi

d'Assur, l'esprit de Téglathphalasar (1) roi d'Assur; et il déporta Ruben, Gad, et la demi-tribu de Manassé. » *I. Par.*, v, 26.

Or Phul ne se trouve pas sur la liste des rois d'Assyrie. Les annales de Ninive nous entretiennent longuement de Téglathphalasar, de Sargon, de Sennachérib, etc. ; elles mentionnent les rois d'Israël Achab, Manahem, Phacée, Osée ; elles nous livrent, année par année, les noms des souverains et des *limu* ou consuls ; mais Phul leur est inconnu. Bien plus, tous les hauts faits que la Bible lui attribue, les scribes ninivites en font honneur à Téglathphalasar.

Naturellement les explications n'ont pas manqué. Les uns ont confondu Phul et Téglath ; les autres en ont fait deux personnages distincts.

Parmi ces derniers, le savant assyriologue G. Smith prétendit reconnaître dans le roi Voul-Nirari des inscriptions cunéiformes, le Poul du texte hébreu. Son rapprochement péchait par la base : *Voul* était une fausse lecture qui dut être remplacée par *Ramman ;* dès lors, plus de ressemblance possible entre Poul et Ramman-Nirari.

D'après l'allemand Rosch, c'est à un contre-sens que la Bible devrait son *Poul melek Asshour*, Phul roi d'Assur. Un *limu* ou éponyme de l'an 769 s'appelait en assyrien *Bil-malik* ; l'écrivain sacré aura tiré Poul du premier élément de ce nom, *Bil;* et dans l'autre, *malik*, il aura cru saisir l'hébreu *melek*, roi. —

(1) La Vulgate traduit ici par la conjonction *et*, le *vav* qui sépare en hébreu ces deux membres de phrase. Le *vav* hébraïque en effet peut souvent se rendre de la sorte ; mais il exprime tout aussi fréquemment les nuances les plus diverses : car, puisque, parce que, au contraire, ensuite, c'est-à-dire, soit, ou bien, etc.

La transformation proposée est inadmissible ; elle est absolument contraire aux relations phonétiques des deux idiomes. D'ailleurs rien ne laisse supposer que le *limu* Bel-malik devint jamais général de l'armée assyrienne ; plus suspectes encore sont ses relations avec Manahem d'Israël, lequel n'apparaît dans les inscriptions cunéiformes que trente ans plus tard.

Ajoutons qu'il serait injuste d'imputer aux annalistes juifs une méprise aussi grossière, surtout en présence des nombreux témoignages rendus par la science contemporaine à leur parfaite exactitude.

G. Rawlinson incline à voir dans Phul un usurpateur se maintenant à côté de Téglathphalasar, le souverain légitime. Oppert enfin voudrait en faire un prince de Babylone, Bélésis, lequel se serait emparé de Ninive. — Des événements aussi considérables n'auraient pas manqué de laisser trace dans les annales assyriennes. Or ces annales opposent à toutes ces hypothèses leur plus profond silence.

* *

La thèse qui fait de Téglath et de Phul deux personnages distincts paraît donc difficile à soutenir. Mais est-il possible d'établir directement la thèse contraire ?

Nous passerons sous silence les arguments apportés par E. Schrader, par M. l'abbé Vigouroux et par Henry Rawlinson (1). Ils nous paraissent décisifs ; mais notre dessein n'est pas de répéter ce que les autres ont dit de bon, nous espérons seulement jeter sur leur solution une lumière nouvelle.

Un conservateur du Musée Britannique, M. Pinches,

(1) E. Schrader, *Die Keilinschriften und das Alte Testament*, II Kön. 15. — Vigouroux, *La Bible et les Découvertes modernes*, 5ᵉ éd., t. IV, p. 102. — H. Rawlinson, *Athenæum*, 22 aug. 1863.

a rencontré, dans la véritable bibliothèque de textes
cunéiformes que ce Musée possède, deux tablettes
présentant le plus haut intérêt : l'une contient la liste
des rois de Babylone, depuis le vingtième siècle avant
Jésus-Christ jusqu'au sixième ; l'autre, une chronique
babylonienne s'étendant de l'ère de Nabonassar jusqu'au règne de Saosdouchios (747-667).

De la liste royale nous ne reproduirons qu'un fragment emprunté à la dernière colonne, la seule qui
nous intéresse. Nous mettrons en regard le canon de
Ptolémée ; si l'on veut bien se rappeler que l'astro-
nome alexandrin a systématiquement omis les règnes
de moins d'un an, on sera frappé du merveilleux accord
de nos deux textes.

Nous traduirons en chiffres romains les nombres
babyloniens exprimant la durée des règnes ; les chiffres arabes représenteront ceux du texte grec.

...	*Nabou-natsir*	Ναϐουχασσάρου	14
II ans	*Nabou-nadin-zira*	Ναδίου	2
I mois XII jours	*Nabu-shoum-oukin*		
III ans	*Oukin-zira*	Κινζίρου	⎫
II ans	*Pou-lou*	χαὶ Πώρου	5
V ans	*Ou-lu-la-â*	Ἰλουλαίου	5
XII ans	*Marduk-abal-iddin*	Μαρδοχεμπάδου	12
V ans	*Shar-oukin*	Ἀρχεάνου	5

La seconde tablette n'est pas moins précieuse. C'est
une chronique très sommaire, plutôt même une sorte
de tableau synoptique ; cependant, malgré ses lacunes,
elle confirme et complète les données de la liste
royale. Au règne de Nabou-natsir elle assigne une
durée de quatorze ans : ce nombre, effacé sur notre
liste, est en parfait accord avec le canon de Ptolémée.

Extrayons de ce document tout ce qui a rapport à notre sujet.

Nabou-natsir (Nabonassar).
  Révolte à Borsippa et à Babylone.
  14ᵉ année : mort de Nabou-natsir dans son palais.
(Nabou) nadin-zira.
  2ᵉ année : révolte ; il est tué et remplacé par
Nabou-shoum-oukin, qui est remplacé après un règne
  d'un mois et douze jours par
Oukin-Zira.
  3ᵉ année : Téglathphalasar arrive, s'empare du pays
  de Bît-Amoukan et de la personne d'Oukin-zir.
Toukoulti-apal-e shara (Téglaphalasar).
  Il meurt après 2 ans de règne au mois de Tebeth.
Shoulman-asharid (Salmanasar).
  Il meurt après 5 ans de règne au mois de Tebeth.
Mardouk-abal-iddin (Mérodachbaladan).

On le voit, les deux textes s'accordent parfaitement jusqu'au règne d'*Oukin-zir*. A cet endroit se produit une notable divergence : les deux monarques suivants portent dans la liste royale les noms de *Poulou* et d'*Ouloulâ*, tandis que la chronique les appelle *Toukoulti-apal-e-shara* et *Shoulman-asharid*. Toutefois, sur la durée de leurs règnes, nous retrouvons l'accord le plus absolu, deux ans pour le premier, et cinq pour le second. Cet accord se continue sous Mardouk-abal-iddin, et de là jusqu'à la fin des deux tablettes.

C'est précisément la divergence signalée qui doit donner une solution au problème du Poul hébraïque.

* *
*

En étudiant les inscriptions des derniers rois d'Assyrie, on remarque que ces souverains portent généralement deux noms : l'un est employé de préférence à Ninive ; l'autre, semble-t-il, est plutôt en usage à

Babylone, où les rois assyriens ont détrôné et remplacé la dynastie nationale.

Ainsi le dernier des Salmanasar, *Salman-asharid*, portait à Babylone le nom d'*Ouloulâ*, celui-là même que mentionne notre liste royale. *Assur-ban-apal* se faisait aussi appeler *Sin-inaddin-(apal)* ; et l'on sait que plusieurs savants ont pensé découvrir dans la première partie de ce nom l'origine du Κινηλάδανος de Ptolémée.

Or Téglathphalasar se trouve exactement dans la même situation que Salmanasar. Roi d'Assyrie comme lui et avant lui, il devient maître de la Babylonie par un heureux coup de main que rappelle brièvement notre chronique : « Dans la troisième année d'*Oukin-zira* arrive *Toukoulti-apal-e-shara* ; il s'empare du pays de Bît-Amoukan et de la personne d'*Oukin-zira* ; » et la suite de la chronique nous montre qu'il s'empare également de son trône. Mais c'est précisément alors qu'apparaît Phul, sous la forme babylonienne *Poulou* dans notre liste royale, et sous la forme éranisée Πῶρος dans le canon de Ptolémée.

Si donc on ne veut pas mettre en désaccord les monuments chaldéens eux-mêmes, il faut bien reconnaître que ce *Poulou* n'est pas distinct de *Téglathphalasar*. Lui aussi aura porté deux noms, comme son successeur *Ouloulà-Salmanasar*. On ne fait pas difficulté de l'admettre dans le second cas : il faut bien l'accorder aussi dans le premier.

De la sorte, tout s'explique aisément, et cette divergence apparente que nous avons constatée entre nos deux listes, et le parfait accord pour la durée des règnes, et les données de la Bible, attribuant à Phul tout ce que les inscriptions assyriennes revendiquent pour Téglathphalasar.

P. HERMANN.

Amiens. — Imp. Rousseau-Leroy,